AU-DELÀ DES LETTRES

Du même auteur :

• *Ab'Errances Verbales*, Chroniques,
ISBN 978-2-322-04260-9, éditions BOD ©2016

• *Vers Soufflés*, Poésie,
ISBN 978-2-322-03386-7, éditions BOD ©2013

• *Chassés-Croisés*, Nouvelles,
ISBN 978-2-810-62348-8, éditions BOD ©2012

• *Mots d'esprits*, Poésie,
ISBN 978-2-810-60428-9, éditions BOD ©2010

• *Mots d'esprits*, Poésie,
ISBN 978-2-810-60428-9, éditions BOD ©2010

• *Brouillon(s) de vie(s)*, Poésie,
ISBN 978-2-304-02024-3, éditions Le Manuscrit ©2008

Site internet de l'auteur : www.damienkheres.com

Damien Khérès

AU-DELÀ DES LETTRES

Roman

© 2018 Damien Khérès
Edition : Books on Demand GmbH
12/14 rond-point des Champs Elysées
75008 Paris, France.
Imprimé par Books on Demand GmbH,
Norderstedt, Allemagne

Dépôt légal : septembre 2010
ISBN : 978-2-810-62058-6

Couverture : OUYA Studio

"La vérité attend au bout de soi. Et aller au bout de soi, c'est aimer et comprendre."

Francis Bossus

"Croire ne plus avoir d'illusion est la plus naïve des illusions"

Albert Brie

_ Très bien, Madame. Vous avez une préférence ? Majorque, Ibiza, Minorque...?
_ Mais non, jeune homme, je vous ai demandé les Baléares !
_ ...

Comment expliquer à une ignare quelque chose qui vous parait évident ? Car ici deux choses semblaient plus qu'évidentes. Non seulement la géographie insulaire des Baléares, lacune intellectuelle qui pouvait encore passer et dont il était maintenant habitué à entendre, mais aussi l'insuffisance mentale menant à ne pas chercher à connaître la destination de ses prochains congés et d'oser renvoyer au visage de son leur interlocuteur sa propre nullité.

Après un temps de réflexion, Paulin reprit la conversation, tout en gardant son calme. Bien qu'en cette fin de journée il avait déjà eu droit à son lot d'ignorants insupportables.

_ Ecoutez madame, ce qu'on va faire, c'est que vous allez regarder nos brochures et vous me rappellerez une fois que vous saurez un peu plus précisément où vous désirez passer vos vacances.

Et il raccrocha, sans oublier de glisser préalablement une banale formule de politesse.

Dans l'idéal, il aurait dû prendre le temps de lui expliquer. Dans l'idéal...

Voilà ce qu'était une partie de son travail, dans l'agence de voyage, où il passait ses journées au téléphone ou bien face à des gens à qui il était censé « vendre du rêve », selon le leitmotiv de tout bon vendeur qui se respecte.

Il avait atterri là il y a un peu plus de trois ans alors qu'il cherchait un emploi relax. Après ses maudites années au sein d'une compagnie d'assurance, il avait cherché à se recycler dans une toute autre voie. Et c'était grâce à son oncle et à ses relations qu'il avait pu dénicher ce job.

Job pas si relax en fin de compte.

Le cliché lié à l'agent de voyage laissait à penser que c'était un métier plutôt tranquille, peut-être parce que cela concernait les voyages et que cela évoquait les vacances. Mais cela n'avait rien de relax. C'était une illusion, une idée reçue. La plupart des clients ne savaient pas ce qu'ils voulaient, ni où, ni quand ils voulaient partir et ils venaient en espérant que l'on puisse lire dans leurs pensées. Sans parler de ceux qui exigeaient le luxe pour trois fois rien. Usant.

La fin de la journée approchait et Paulin se sentait extenué.

L'agence de voyages Zalan'Tours était une agence plutôt importante comptant une vingtaine d'employés regroupés dans un open-space. À l'entrée de l'agence, quelques canapés et des brochures à disposition permettaient aux futurs touristes de se projeter dans leurs rêveries vacancières.

Dans l'open-space, le vacarme incessant des sonneries téléphoniques associé aux allers et venues réguliers des clients conférait à son lieu de travail une allure de bocal grouillant de parasites auditifs.

Malgré la proximité des bureaux, Paulin ne fréquentait pas vraiment ses collègues. Si bien sûr, il discutait volontiers avec eux lors de la pause-café, allait même déjeuner avec certains le midi, mais jamais il ne les fréquentait en dehors du travail. Pas par principe, non, simplement parce qu'il n'était pas particulièrement sociable et que de toute façon il était beaucoup mieux chez lui à profiter de son appartement, enfin surtout de son canapé d'angle qui pouvait accueillir jusqu'à six paires de fesses et qui prenait une bonne moitié de l'espace consacré au salon.

C'est ainsi qu'aujourd'hui, comme tous les autres jours après le travail, Paulin rentra directement chez lui. Sans faire de détour. Et toujours par le même chemin.

Son appartement était situé au quatrième étage d'un immeuble du douzième arrondissement, à une quinzaine de minutes de l'agence. Enfin, une quinzaine de minutes en vélo puisque c'était son moyen de locomotion. À pied, on pouvait compter une bonne demi-heure, cinq minutes en voiture et vingt minutes en métro. Mais il n'avait pas de voiture et n'aimait pas le métro.

Une chance qu'il ait pu trouver cet

appartement si proche de son lieu de travail. Si on pouvait appeler ça une chance. Car quelle chance d'habiter au quatrième étage sans ascenseur ! Cela permet de garder la forme sans avoir à s'inscrire dans une salle de sport. Soixante-quatre marches, ça n'a l'air de rien, mais les bras chargés de courses ou le corps lesté de fatigue, il lui arrivait de rêver d'un ascenseur. Avec une grille en guise de porte et un gros bouton indiquant son étage.

Il avait aussi le grand privilège de vivre avec de si charmants voisins qui économisaient leurs mots pour éviter de dire bonjour, qui tapaient sur ses murs dès qu'il toussait et qui ne se privaient pas d'écouter la messe tous les dimanches matin avec un niveau sonore capable de réveiller un sourd équipé de boules Quiès.

Sans oublier la parfaite isolation de ses fenêtres qui lui offrait la sensation de se trouver au beau milieu de la rue pendant les heures d'affluence.

Il avait peut-être de la chance de vivre près de son lieu de travail mais c'était bien le seul avantage que présentait son appartement.

Il n'était pas propriétaire, juste locataire. Il ne voulait pas s'engager dans des démarches laborieuses pour finir par traîner un emprunt toute sa vie avec la banque à son chevet, prête à lui sauter à la gorge à la moindre faiblesse. Il avait l'impression que la location le rendait plus libre, et qu'il pouvait à tout moment changer aisément.

Quoiqu'il en soit, c'était chez lui. Malgré les inconvénients évidents, c'était chez lui. Il s'était habitué et en avait fait son refuge dans lequel il passait la plupart de son temps.

Une quarantaine de mètres carrés, une chambre, un salon, une cuisine, une salle de bain, le tout disposé en étoile et répartit autour de l'entrée, typique des immeubles des années trente.

Vautré dans son canapé, il se repassait sa journée en mémoire qu'il acheva par un profond soupir de lassitude. Avait-il encore la motivation pour travailler à l'agence ? Il ne tiendrait sûrement plus très longtemps. En plus, il n'aimait pas le concept des voyages organisés, où on payait pour être trimballé d'un endroit à un autre en suivant comme des moutons, à prendre des photos là où on nous disait d'en prendre, d'aller aux toilettes quand on nous disait d'y aller, tout y était chronométré, la seule liberté qu'il nous restait étant encore de choisir dans quelle position dormir entre l'extinction des feux et le réveil en fanfare.

Il pouvait comprendre que certaines personnes aient envie de se reposer pendant leurs vacances mais si c'était pour marcher au pas et ne visiter que les boutiques de souvenirs autant s'engager dans l'armée et prévoir ses permissions dans le centre commercial le plus proche.

Le pire c'était les personnes qui partaient en vacances à l'étranger en séjour all-inclusive en ne restant que devant la piscine de l'hôtel à se oindre de graisse à traire pour parfaire leur bronzage précancéreux, méprisant les coutumes locales, dédaigneuses, sans l'once d'une curiosité à l'égard d'une culture différente de la leur.

Pour accepter de bosser à l'agence, il avait dû aimer les voyages ou du moins l'idée de voyager car à vrai dire il ne voyageait jamais. Il ne trouvait personne pour l'accompagner et il refusait de partir seul. Frustration qu'il avait maintenant digérée jusqu'à se conforter dans sa situation casanière.

Pour en revenir à l'agence, même son nom avait tendance à l'énerver : Zalan'Tours « une autre façon de voir nos alentours ». Un nom basé sur un jeu de mots ridicule que certains ne prononçaient d'ailleurs pas bien, « zalane », et qui laissait à penser qu'on y proposait des séjours uniquement en Bosnie.

Alors qu'il était pris dans ses réflexions stériles, des pas se firent entendre sur son palier jusque devant sa porte d'entrée et bien qu'il n'y prêta pas vraiment attention, il vit qu'on glissa quelque chose sous sa porte.
Saleté de publicitaires. Ils allaient jusqu'à violer votre intimité en faisant pénétrer dans votre intérieur leurs vulgaires prospectus qui vantaient les mérites d'une énième pizzeria sordide, photos écœurantes à l'appui.
Mais à y regarder de plus près, cela n'avait rien d'un prospectus. Non, cela ressemblait plutôt à une lettre. Une lettre ? Qui pouvait encore ignorer l'usage et la fabuleuse fonction des boîtes aux lettres ? Le facteur se sentait-il d'humeur sportive pour oser gravir tous les étages et laisser sous les portes les missives tel un colporteur anonyme et généreux ?

Après avoir récupéré la lettre, Paulin jeta un coup d'œil hasardeux sur le palier.
Personne.

Le mystérieux postier avait dû repartir aussitôt.

La lettre était une simple feuille blanche pliée en quatre. Pas d'enveloppe, donc pas de timbre. L'auteur était probablement un sacré radin et quelque peu tourmenté. On n'a rarement vu un expéditeur se rendre directement à l'adresse de son destinataire pour se taper quatre étages et finalement repartir aussi sec. À moins que ce ne soit une lettre de menace de mort. Peut-être en lien avec ce serveur incompétent qu'il avait insulté l'autre jour après qu'il lui avait renversé un café brûlant le long de sa jambe droite de pantalon.

En dépliant la feuille, Paulin découvrit une dizaine de lignes manuscrites d'une écriture légèrement enfantine à en croire la forme de certaines lettres :

Paulin,

Nous ne nous connaissons que très peu mais sache que je t'apprécie beaucoup.
J'espère que tu pourras excuser cette ''intrusion cavalière'' mais c'était la seule façon

pour moi d'attirer ton attention.

Je ne parviens pas à m'adresser directement à toi, sans doute en raison de ma timidité, d'où ma démarche quelque peu singulière.

Tu dois sûrement te demander qui je suis mais je ne préfère pas me dévoiler pour l'instant. J'ai besoin de savoir si tout cela a du sens pour toi.

À très bientôt.

Celle qui te désire en secret

Si c'était un canular, il était de très mauvais goût. Qui pouvait s'intéresser à lui au point de lui écrire une lettre, jusqu'à lui glisser sous sa propre porte ? Ce n'était pas crédible une seule seconde.

Cela ressemblait plutôt à un spam, un de ces courriers indésirables qui, sous ses allures de mot personnel et confidentiel, cache une réclame pour une marque de montre ou un site porno. Mais dans ce cas, on ne se serait pas donné tant de mal à lui apporter.

Paulin, incrédule, replia la lettre et la jeta sur sa table basse d'un geste désabusé.

"Le doute est un hommage rendu à l'espoir"

Lautréamont

Bruno était d'humeur joviale ce soir-là. Ses élèves avaient été plutôt agréablement sages et les vacances approchaient à grand pas.

Il était professeur de mathématiques dans un lycée du quatorzième arrondissement après avoir fait ses armes en quelques années de remplacements dans des écoles de banlieues dites « à risques », sorte de bizutage et de passage obligé pour tout nouvel enseignant d'Île-de-France. Il était devenu désormais un professeur reconnu, respecté et relativement apprécié de ses élèves comme de ses collègues.

Bruno avait donc décidé de passer voir son ami Paulin, à l'improviste car il ne doutait aucunement qu'il ne soit pas dans son « antre » à refuser obstinément de se mélanger au monde extérieur.

_ Salut Bruno, que me vaut la joie de ta visite ? lança Paulin d'un ton presque ironique après avoir invité Bruno à rentrer.
_ Bonsoir. J'étais dans le coin et j'avais juste envie de te déranger un peu…
Et tout en s'asseyant dans le canapé, Bruno continua :
_ … dans tes multiples activités pantouflardes. J'espère que je n'arrive pas en plein milieu.
_ Je te sers quelque chose ? demanda Paulin qui avait fait mine de ne pas écouter, habitué aux remarques sarcastiques de son vieil ami.
_ Non, merci. Je ne vais pas rester longtemps. Faut que je reparte bientôt, j'ai un anniversaire à l'autre bout de Paris. Je passai juste voir si ça allait et savoir si par hasard tu voudrais m'accompagner.
_ Oui ça va merci. Et merci pour la proposition mais là, je ne suis pas d'humeur, j'ai passé une journée merdique et je suis crevé. Et puis, tu sais que ce n'est pas trop mon truc de m'incruster dans les soirées où je ne connais personne.
_ Tant pis pour toi. J'aurais essayé…

Paulin avait repensé à la lettre et en voyant Bruno, il soupçonna sa gouaille légendaire d'un plaisantin à l'humour revêche.

_ Par contre, pas géniale ta blague. Je sais que tu veux que je me trouve une nana mais là on n'y croit pas du tout.

Il accompagna ses mots du regard qu'il dirigeait vers la lettre, posée sur la table basse.

_ Quoi ? Qu'est-ce que tu racontes ? Quelle blague ? s'étonna Bruno.

_ La lettre, là. Je sais bien que c'est toi. Cela ne peut être que toi d'ailleurs.

Bruno ramassa la lettre et la lut avec le plus grand intérêt avant de reprendre quelques minutes plus tard :

_ Waouh. Et tu penses que c'est moi qui ai écrit ça ? Je t'assure que ce n'est pas moi. Moi, je t'aurais au moins filé un rencard au café du coin. Et pourquoi « intrusion cavalière » ?

_ Je suppose que c'est parce que la lettre a été glissée sous ma porte.

_ Sans déconner ?! Ne cherche pas, c'est tellement tordu que c'est forcément une fille. J'espère pour toi que ce n'est pas une psychopathe. Quoique, ça te ferait sûrement du bien !

_ Oh ça va. De toute façon, je suis

persuadé que c'est des conneries.

_ Ou peut-être pas. Je serai toi, je chercherai dans mon entourage et voir si potentiellement il n'y a pas une nana capable d'écrire ça.

_ Non, je ne pense pas. Je ne vais pas perdre mon temps à espionner des filles pour une petite lettre de rien du tout.

_ Je ne te parle pas d'espionner mais d'être un peu plus aux aguets. Tu n'as rien à perdre.

Et alors qu'il se relevait du canapé, Bruno ajouta :

_ Mais ne te tracasse pas avec ça. Et puis, je pense qu'elle va te recontacter, parce que dans sa lettre elle ne dit pas grand-chose et qu'elle n'a aucun intérêt à s'arrêter là.

_ Ouais c'est ça, je te raconterai petit coquin.

Bruno était maintenant près de la porte, prêt à partir :

_ T'es sûr que tu ne veux pas venir ? Ça te changera les idées.

Il attendit une réponse mais Paulin fit un signe de tête refusant l'invitation, et Bruno comprit qu'il ne servait à rien d'insister.

_ Bon, il faut que j'y aille, je suis un peu à la bourre en fait. Y'a Linda qui m'attend.

_ Linda ? C'est qui celle-là ?

_ Ah ouais, je n'ai pas du te raconter. Je

t'en parlerai plus tard. Là, il faut vraiment que je me sauve. À plus. Et bonne soirée quand même.

Et Bruno dévala quatre à quatre les escaliers sous l'œil amusé de Paulin.

Linda ? En voilà encore une qu'il ne connaissait pas. Bruno arrivait toujours à se dégoter des rencards dans les soirées parisiennes car il osait s'adresser aux filles et parvenait la plupart du temps à les faire rire dès les premiers mots. Après, il n'avait plus qu'à parler de sujets qui intéresseraient son interlocutrice, tout en étant souriant et en affichant une apparence incontestablement séduisante.

Lors de ses années d'expériences acquises dans les lycées difficiles, il avait développé son sens de la répartie qu'il usait comme système de défense face aux élèves les plus récalcitrants et qu'il usait désormais à des fins personnelles.

Paulin, lui, n'avait aucun savoir-faire en matière de drague et nourrissait envers Bruno un sentiment de jalousie mais aussi d'admiration.

Il en était ainsi depuis qu'ils se connaissaient, depuis leurs années étudiantes où déjà leurs caractères étaient diamétralement opposés. L'un casanier, pessimiste, introverti ; l'autre fêtard, optimiste, extraverti. Cela pouvait ressembler à une amitié improbable tant ils étaient différents mais cela constituait irréfutablement la force de leur relation.

Les jours suivants, Paulin avait essayé d'être plus attentif à ses collègues féminines. Car en dehors du travail, il ne fréquentait personne de sexe féminin. À part des membres de sa famille, et dans ce cas-là cela signifiait qu'un terrible inceste se préparait et qu'il en était la cible, bientôt une pauvre victime abusée.

Il n'avait donc pas à chercher plus loin qu'à l'agence, ce qui lui faciliterait grandement la tâche.

Les premiers temps, ses observations inhabituelles ont eu tendance à inquiéter ses collaboratrices. Il avait fixé des yeux une bonne partie d'entre elles, attendant en retour un sourire, un rictus, un clignement ou n'importe quoi d'autre qui puisse éveiller ses soupçons. Il avait vite écourté cette méthode, évitant ainsi de passer pour le pervers sexuel de service.

Puis, il avait tenté de lancer des sujets de discussion sur les lettres d'amour anonymes, en affirmant que celles-ci n'avaient pour lui aucun intérêt puisqu'il pensait que les seules lettres d'amour qui avaient du sens étaient les lettres de rupture. Il guettait alors les réactions qui ne faisaient que dégrader son estime auprès de la gente féminine.

Il avait vite abandonné l'idée que la lettre mystérieuse fût réellement écrite pour lui et cessa rapidement toute tentative d'approche de l'auteur badine. Il finit par se persuader que tout ceci n'était qu'une plaisanterie grivoise.

Après quelques jours, son attitude revint à la normale. Mais cette lettre lui trottait dans la tête. Il n'allait pas se faire polluer l'esprit à cause d'un misérable billet pseudo romantique craché sur un vulgaire morceau de papier et jeté à même le sol. C'était ridicule de sa part de croire qu'il soit vraisemblablement « désiré ».

Les beaux jours arrivaient et les premiers rayons du soleil transperçaient ses fenêtres d'une lueur aveuglante, dévoilant les particules de poussières dans ses rayons. Un signe qui aurait pu lui rappeler que son appartement nécessitait un bon coup de ménage jusqu'à ce qu'il finisse par simplement fermer les rideaux et obstruer les faisceaux révélateurs.

Depuis la mort de sa mère il y a deux ans, il s'était peu à peu renfermé sur lui-même. Le chagrin lié à la perte et le sentiment de culpabilité l'avaient plongé dans une dépression dont il n'était jamais vraiment ressorti. Tout cela était dû à un évènement tragique qui avait véritablement fait basculer la vie de Paulin ainsi que celle de sa famille.

C'était un soir de novembre. Paulin et ses parents s'étaient rendus à un dîner près de Clermont dans l'Oise, invités par des amis de la famille.

Après un repas copieux et bien arrosé, Paulin, qui n'avait pris qu'un verre en guise d'apéritif, avait tenu à prendre le volant, éviter ainsi à ses parents de prendre des risques inconsidérés en roulant avec un taux d'alcoolémie au-dessus de la normale.

Ils partirent à 23h52, Paulin au volant, sa mère sur le siège passager et son père sur la banquette arrière, juste derrière le copilote.

Cinquante kilomètres les séparaient de leur destination, et la circulation fluide les y mènerait pour 00h34.

Au même moment, un groupe de quatre adolescents pré pubères d'une vingtaine d'années monta dans une guimbarde customisée aux allures d'une poubelle élégante à roulettes, affublée d'un aileron. Ils empruntèrent la route départementale D137, le son de l'autoradio proche de la limite auditive et les fenêtres baissées malgré la température hivernale.

Paulin suivait toujours la route D929 avant de pouvoir bifurquer sur la voie rapide, à trois minutes de là.

Dans leur véhicule cabalistique, les jeunes éméchés lançaient des onomatopées à tue-tête comme si l'éthanol cherchait à s'extirper de leurs âmes excitées et inconscientes, jusqu'à ce qu'ils croisent le regard de la mère de Paulin.

Juste devant eux.

Les yeux injectés de sang, terrifiés par la vue de la mort.

Juste derrière le stop qu'ils venaient de griller.

La route D137 croisait la D929 aux carrefours de ces destins.

L'impact a eu lieu à 00h03.

Le bolide en faute a percuté la voiture de Paulin au niveau de l'aile droite dans un choc assourdissant. La carrosserie s'est écrasée violemment avant de subir un mouvement de rotation qui a envoyé valser la voiture sur plusieurs tours. Il ne restait plus de la voiture qu'une épave froissée et fumante. Le côté droit avait été embouti sur plusieurs dizaines de centimètres tuant sa mère sur le coup, les os broyés et les organes perforés, tandis que son père avait été projeté contre la vitre arrière droite, les membres inférieurs transpercés de ferraille lui déchirant la chair, les muscles et les nerfs et lui ôtant par conséquent l'usage de ses jambes. Paulin s'en était sorti avec quelques hématomes et deux côtes cassées.

Depuis cet évènement, Paulin se répétait sans cesse qu'il était responsable de la mort de sa mère et du handicap de son père. Même si les auteurs évidents de cette effroyable tragédie contre qui il vouait encore aujourd'hui une haine sans limite avaient été jugés et punis, le choc psychologique ne s'effaçait pas. La vue de sa mère déchiquetée, sans vie, maculée de sang avait à jamais hanté son esprit.

Il se repassait souvent ce triste épisode et imaginait toutes les hypothèses qui auraient fait en sorte que tout cela n'arrive pas. Et s'il n'avait pas conduit ? Et s'il avait roulé un peu plus lentement ? Ou un peu plus vite ? Et si finalement il avait accepté de prendre ce café que ses hôtes lui avaient proposé avant de prendre la route ? Et si... ?

Tout ceci ne se serait peut-être jamais produit...

Comme tous les dimanches, Paulin rendait visite à son père. Il venait aussi parfois les samedis. Son père vivait dans la maison familiale qu'il n'avait pas voulu quitter à la mort de son épouse. Malgré son handicap, il refusait catégoriquement d'être placé dans une maison spécialisée qui sentait la mort et la pisse disait-il. Il avait pu obtenir une aide à domicile qui passait quelques heures quotidiennement pour un suivi médical ainsi qu'un brin de toilette. Paulin n'avait pas souhaité prendre son père en charge et c'était d'ailleurs lui qui avait émis l'idée de l'aide à domicile. S'occuper tous les jours de son père lui renverrait au visage le poids de sa culpabilité qu'il ne supportait pas. Le seul fait de voir son père en chaise roulante lui comprimait le cœur et faisait monter des larmes de rancœur contenue. Pourquoi lui n'avait-il rien eu alors que son père se retrouvait infirme à vie ? Qui distribuait les cartes du destin ?

La maison était restée la même. Les tableaux accrochés aux murs, les bibelots, les collections de grenouilles de sa mère, tout était encore là. Seuls quelques aménagements avaient été effectués permettant à son père de circuler facilement dans la maison tout en lui facilitant l'accès aux fonctions de base de la vie quotidienne.

_ Bonjour papa ! lança Paulin, à peine entré.

Il n'avait pas eu besoin de sonner ou de frapper puisqu'il conservait un double des clés.

_ Bonjour fiston. Comment vas-tu ? répondit son père qui vint à sa rencontre, en roulant jusqu'à lui.

_ Ça va, ça va. Et toi, comment te sens-tu ?

Et en regardant autour de lui, Paulin ajouta :

_ Elle n'est pas là Lucie ?

_ Non, elle ne viendra qu'en fin d'après-midi. Elle a eu un petit contretemps semble-t-il.

Paulin venait généralement pour déjeuner aux alentours de 13h, une fois que Lucie, l'aide à domicile, avait fini son travail, mais il lui arrivait de se pointer plus tôt, sur les coups de midi. Il lui préparait le repas et passait une bonne partie de la journée en sa compagnie. Ils ne se racontaient pas grand-chose, ils passaient simplement du temps ensemble, comme pour conjurer le sort de leur existence qui avait pris un tournant dramatique depuis l'accident.

Ce jour-là, Paulin ne lui parla pas de la lettre reçue quelques jours plus tôt. Il considérait l'anecdote trop insignifiante pour mettre son père dans la confidence.

De retour dans son appartement, il découvrit avec stupeur une nouvelle lettre qui jonchait le sol, devant sa porte, à l'intérieur. L'auteur avait opéré de la même façon.
Il eut alors envie de s'en saisir pour la jeter directement, mettre fin à cette mascarade qui ne pouvait que le tourmenter avec des pensées pernicieuses au sujet d'un éventuel amour imaginaire et irréel.
Les contes de fées, il n'y croyait pas et il n'y avait jamais cru. Alors quoi, une nana lui écrivait des lettres mystérieuses, ils se rencontreraient ensuite, tomberaient amoureux et auraient beaucoup d'enfants ? Oui, ça ferait une belle histoire à raconter à des mioches. Car, quelles conneries ces contes populaires qu'on essayait d'inculquer aux pauvres enfants sans défense dès le plus jeune âge et qui ne reflétaient en rien la réalité. Voilà ce qu'on leur offrait comme introduction au monde,

des scénarii complètement faussés et dénués de sens auxquels ils se rattachaient malgré eux. Il n'y avait pas de prince, pas de cheval blanc, pas de princesse, ni d'amour éternel. Il n'y avait que des hommes dominés par le sexe et le pouvoir, des femmes dominées par l'argent, des disputes, des divorces, des illusions.

Et admettons qu'une fille lui écrivait des lettres. Elle pouvait très bien être horrible, ou complètement idiote, ou dérangée mentalement, ou affreusement vieille et incontinente, ou pire, éleveuse de porcs. Il détestait les éleveuses de porcs ; probablement un dégoût originel qui avait pris racine dans son enfance.

La curiosité fut cependant plus forte et il s'abandonna à la lecture de la lettre :

Paulin,

Tu as du probablement douter de l'authenticité de la première lettre, et je ne t'en veux pas. Cette deuxième lettre ne pourra donc que la confirmer.

Mes intentions sont bonnes et sincères. Je sais que tu as traversé de rudes épreuves dernièrement et je sais aussi que tu n'es pas responsable de ce qu'il s'est passé.

Tu es quelqu'un de bien Paulin.

Je voudrais tellement pouvoir t'aider… que nous soyons ensemble… que tu me fasses confiance. Mais es-tu prêt à faire partager ta vie, à faire en sorte de laisser quelqu'un y pénétrer pour ne plus que tu aies mal ? M'ouvriras-tu la porte ?

Celle qui ne te veut que du bien.

Ce n'était donc pas un canular. Non. Ça ne pouvait pas en être un. Elle le connaissait, et savait pour l'accident. Il en avait rarement parlé autour de lui. Il avait fait de cet évènement un fardeau qu'il trimballait dans une partie de sa mémoire, enfouie profondément, qu'il tentait d'oublier mais qui remontait régulièrement à la surface dans des flashs ou des cauchemars.

Il relut à nouveau la lettre pour mieux l'assimiler. Il demeura longuement dans la faible luminosité de son appartement à contempler les pleins et les déliés de cette écriture enfantine, arrondie et maladroite.

Qui était-elle ?

Ces mots venaient le bousculer dans sa propre intimité, dans l'obscurité de son appartement comme dans l'opacité de son esprit.

La nuit suivante, il avait eu beaucoup de mal à trouver le sommeil. Mentalement, il avait passé en revue toutes les filles susceptibles d'être la raison de son tourment. Il en était venu rapidement, malgré lui, à imaginer des scènes scabreuses avec quelques-unes d'entre elles, guidées par son esprit licencieux de célibataire endurci.

Dès le lendemain à l'agence, il s'était fait de nouveau observateur mais en modifiant ses méthodes. Il avait retiré ses gros sabots de pervers sexuel pour enfiler les chaussons de la discrétion. Dans l'open-space, parmi la vingtaine d'employés, treize étaient de sexe féminin. Sur les treize, il y en avait trois à qui il n'avait jamais dit un seul mot, quatre à qui il n'avait adressé la parole que deux ou trois fois, ce qui faisait grosso modo une trentaine de mots, et six à qui il parlait plus régulièrement. Dans ces six, il ne s'était confié qu'à deux d'entre elles. Mais cela n'excluait pas le fait que les quatre autres ne soient pas non plus au courant car elles auraient très bien pu en parler ensemble sans qu'il le sût. Cependant, sur les six, il y en avait une qu'il n'appréciait guère et réciproquement, et une qui était éliminée d'office en raison de ses préférences évidentes pour l'amour lesbien. Il restait par conséquent quatre filles potentiellement capables d'écrire ces lettres.

Comment allait-il s'y prendre pour démasquer la mystérieuse écrivaine ? Il ne pouvait pas juste aller voir chacune d'elles en leur demandant « Bonjour, c'est toi qui m'a écrit des lettres que tu as glissé sous ma porte ? ». Il fallait qu'il soit plus subtil.

***

Parfois, le destin envoie des signes lorsqu'on se sent égaré. Un client entra alors dans l'agence et fut reçu au bureau de Sandra où il s'installa face à elle. Le bureau de Sandra était placé juste devant celui de Paulin. Sandra, avec la plus grande attention demanda au client où il désirait partir. Le client la regarda avec un superbe sourire et lui répondit tout gentiment :

_ Connasse.

Paulin qui avait entendu ce dernier mot, vint à la rescousse de Sandra dont le visage était devenu blême. Il y vit une occasion de sauver sa collègue aux prises d'un blasphémateur discourtois et irrespectueux.

Sandra garda son calme et affirma très sèchement au client injurieux :

_ Mon collègue va s'occuper de vous, en laissant la place sur son siège à Paulin.

Paulin vit dans les yeux de Sandra une reconnaissance extrême.

Le client s'approcha alors de Paulin et lui dit que sa collègue avait l'air mal lunée. Il n'avait pas compris sa curieuse réaction et il expliqua à Paulin qu'il cherchait simplement un billet pour un vol sec vers Kaunas en Lituanie.

Lorsque vint le moment d'expliquer sa méprise à Sandra, Paulin aurait très bien pu lui raconter quelles étaient les véritables intentions du client et que tout n'était qu'un gros malentendu. Mais il avait préféré tourner la situation à son avantage, en se faisant passer pour celui qui l'avait secouru d'un grossier personnage.

_ Merci Paulin de m'avoir remplacé, remercia Sandra. Je ne sais pas ce qu'il lui a pris de m'insulter de la sorte.

_ Certaines personnes sont vraiment odieuses.

Paulin le sauveur commençait à bomber le torse.

_ Je l'ai bien remis à sa place, ne t'inquiète pas. Ce n'est pas comme ça qu'on parle aux femmes, et je lui ai bien fait comprendre.

Maintenant, le sauveur sentait bon la testostérone.

_ Merci Paulin, c'est gentil. Et il voulait aller où finalement ? Je suis un peu curieuse…

_ Kaunas.

_ Pardon ?

La tête de Sandra s'était décomposée. Elle fronçait les sourcils.

Embarrassé, Paulin tenta de se reprendre :

_ Non, non. Pas connasse. Enfin, si Kaunas. Mais non, tu n'es pas une connasse, ce n'est pas ce que je voulais dire, je…

Il s'exprimait dans un bégaiement presque incompréhensible où les mots se bousculaient les uns contre les autres tachant de sortir de sa bouche mais ils restaient accrochés à ses lèvres.

Sandra lui arracha la parole :

_ Gros nul. T'es vraiment qu'un gros nul.

_ Non, non. Attends. C'est parce que c'est Kaunas. En Lituanie.

_ Ne te fous pas de ma gueule en plus. Allez, dégage, j'ai du boulot.

Paulin retourna à son bureau, la queue entre les jambes. Il avait eu l'illusion de maîtriser la situation, mais celle-ci s'était retournée contre lui en lui explosant au visage.

Qu'est-ce qu'il lui a pris de ne pas lui dire la vérité ? Pourquoi a-t-il tenu à en faire des caisses ? Alors qu'il aurait pu tout simplement lui expliquer le malentendu avec le client, et ils auraient même pu en rire ensemble. Mais non, il avait bien foiré.

À plus y réfléchir, le destin lui avait peut-être bel et bien envoyé un signe. Peut-être qu'en fin de compte Sandra était une connasse. Elle n'avait même pas cherché à comprendre, ne l'avait pas même écouté. Et puis elle n'était pas du tout du genre à écrire des lettres secrètement. Il aurait dû s'en apercevoir plus tôt, avant de passer pour un gros nul.

Il n'était pas quelqu'un qui insultait ouvertement ses collègues féminines et plus généralement les femmes, en les traitant de connasse. Il ne se le permettrait pas. Il éprouvait déjà des difficultés à maintenir des relations avec elles, il n'allait pas tout foutre en l'air avec des insultes. C'était stupide de le croire.

_ Ça chauffe, on dirait.

Tristan qui avait capté quelques bribes de sa conversation avec Sandra n'avait pas pu s'empêcher de venir taquiner Paulin. Il partait pour sa pause et avait fait un détour par le bureau de Paulin où il se posta quelques secondes avec un sourire en coin.

_ Petite scène de ménage ? lança-t-il avant de s'éloigner vers la sortie, sans attendre la réponse à sa question qui s'apparentait plutôt à un sarcasme finement réfléchi.

Paulin, qui l'avait suivi du regard, l'observait maintenant par la fenêtre alors qu'il était en train de fumer sa pause dans la cour extérieure, à l'entrée de l'agence. « Pauvre type » pensa-t-il avec une pointe d'amertume. En temps normal, il appréciait le ton moqueur de Tristan mais cette fois-ci, Paulin le trouva beaucoup moins drôle.

Il ne restait plus que trois filles à interroger. Bénédicte, Amandine et Prisca étaient les prétendantes au royaume de Paulin. Amandine et Prisca étaient celles à qui il avait parlé de l'accident, à l'une lors d'un déjeuner, à l'autre pendant la pause-café. Ils se côtoyaient depuis plus de trois ans, ce qui avait inévitablement créé des liens quelque peu affectifs.

Il fallait qu'il réfléchisse à la façon dont il allait aborder le sujet des lettres, et bien y réfléchir. La spontanéité ne lui avait pas réussi avec Sandra.

***

_ Bonjour Monsieur. Que puis-je faire pour vous ? demanda Paulin poliment.

Un homme septuagénaire venait de prendre place dans le fauteuil face à lui. Car il avait tout de même un boulot à exercer, entre ses vagues réflexions et ses vaines tentatives de démasquer une obscure scribouillarde.

_ Bonjour mon garçon. J'ai vu dans votre brochure des séjours en Turquie. Avec ma femme nous voudrions faire un petit séjour là-bas.

_ Oui, bien sûr. Combien de temps souhaiteriez-vous partir ?

Le vieillard affichait un sourire qui creusait un peu plus ses rides.

_ Oh pas longtemps, vous savez. Nous avons quelques soucis de santé et nous ne voudrions pas partir trop longtemps au cas où un ennui se présenterait. Nous ne sommes plus très jeunes. Nos enfants nous ont conseillé d'y passer au moins deux semaines mais je ne suis pas certain de vouloir partir si longtemps. Et ma femme s'inquiète lorsqu'elle est loin de la maison…

_ Ah…

_ Et oui, vous savez à notre âge, ce n'est pas tous les jours facile. Mais nos enfants pensent que cela nous ferait du bien de partir un peu pour nous changer les idées.

Même si je pense que nous ne puissions pas nous ôter l'idée d'être vieux. Le temps passe si vite mon garçon, je vous conseille d'en profiter. J'ai l'impression que j'ai rencontré mon épouse il n'y a pas si longtemps et maintenant voilà que je cherche un petit voyage pour nos cinquante ans de mariage, c'est terrible ce que le temps passe vite. Déjà cinquante ans que nous sommes mariés, quand j'y pense, on en a vécu des choses. Et à notre époque la vie était très différente, il n'y avait pas toutes ces technologies modernes, les ordinateurs, les téléphones, internet et tout ça. Oh la la, moi je n'y comprends rien. Et quand je vois mes petits-enfants qui manient ça tout naturellement, je me sens dépassé…

Allons bon. Le vieil homme était lancé dans son monologue. La question était pourtant simple, claire et précise. Pourquoi certaines personnes se sentaient obligées de déballer toutes leurs histoires personnelles assommantes à la moindre occasion ? L'ancêtre continuait et cela avait finalement quelque chose de touchant. C'était comme si toutes ses pensées fuyaient de son cerveau et qu'il ne parvenait pas à les retenir. Dès qu'elles étaient émises depuis le fin fond du cortex cérébral, elles étaient envoyées directement pour être libérées en paroles. Une sorte d'incontinence verbale.

Paulin prit les devants :

_ On regarde ce qu'il y a de disponible pour une semaine ?

Stoppé dans son élan, le septuagénaire parut satisfait :

_ Oui, ça me parait bien. Par contre, je ne voudrais pas dépenser des sommes gastronomiques.

_ Oh non, ne vous inquiétez pas, on ne mange pas très bien là-bas.

_ Pardon ?

_ Je disais de ne pas vous inquiéter car ce n'est pas très cher là-bas.

Paulin lui avait ensuite proposé plusieurs séjours dans différents hôtels avec visites et soins du corps en option, à diverses dates, en étudiant toutes les possibilités.

Finalement, le grand-père hésitant ne prit aucune décision, perdu dans l'éventail des choix présentés par Paulin. Ses pensées se déversaient sans cesse dans sa bouche ne laissant plus de place à la réflexion. Il reviendrait assurément, accompagné d'un de ses enfants pour l'aider dans sa sélection.

En raccompagnant son client vers la sortie, Paulin aperçut Bénédicte dans la cour, un café à la main.

_ Tout va bien ? hasarda Paulin.

Bénédicte se tourna en sa direction avec un sourire crispé par la contrariété.

_ Bof. Je suis un peu énervée. Y'a un client qui m'a gonflée.

Paulin put ressentir de la nervosité dans sa voix. Ce n'était peut-être pas le bon moment pour tailler une bavette.

_ Ce sont les risques du métier, se risqua-t-il afin de détendre l'atmosphère

_ Tu parles ! Ce con m'a traité de voleuse. Il prétend que j'ai perdu son chèque alors qu'on ne l'a jamais reçu. Quel culot !

Attention, elle s'emportait. Pas très détendue l'atmosphère en fin de compte. Il fallait qu'elle se calme, ou qu'elle arrête le café.

_ Ne t'inquiète pas, ça va s'arranger.

Là Paulin avait joué l'assurance avec une réplique bateau. Dans le mode d'emploi « comment vous faire des amis pour les nuls », s'il en existait un, cette phrase à consommer sans modération serait probablement recommandée dans le chapitre « consoler et rassurer ».

_ Oui, je sais.

Le ton était légèrement redescendu.

_ C'est juste que je n'aime pas être accusée à tort. Sans aucune preuve.

_ Je comprends.

Il avait laissé s'exprimer son expérience, car effectivement il comprenait très bien la situation, il l'avait déjà vécue. Et ce n'était donc pas juste une nouvelle phrase impersonnelle apprise dans les manuels pour individus asociaux.

Il reprit :

_ Il faut savoir prendre du recul et garder son sang-froid. C'est vrai que ce n'est pas facile du tout. Moi, j'ai un petit truc. Un jour, un client m'a envoyé un sms qui disait « Merci énormément pour ce magnifique séjour. Nous sommes au paradis grâce à vous ». Ça m'a évidemment fait très plaisir. Et depuis, chaque fois que j'ai un con devant moi, je regarde ce sms et je me dis « voilà pourquoi je suis là, voilà pourquoi je continue à faire ce métier ». Ça me donne du courage et ça me rappelle qu'il n'y a pas que des cons. C'est une sorte de garde-corps pour éviter de tomber dans la colère. Tu devrais en avoir un aussi.

_ Oui tu as raison. Ça peut m'aider.

_ Ça peut être aussi un souvenir auquel tu tiens...

Une idée lui vint à l'esprit.

_ ... ou la photo d'un collègue que tu aimes bien...

Il était fier de son ultime finesse, de la délicatesse avec laquelle il glissait vers le

sujet qui l'intéressait plus que tout.
_ Comme ta photo par exemple ?
Bénédicte éclata de rire. Même s'il l'avait manifestement détendue, ce n'était pas la réaction qu'il attendait.
_ Et pourquoi pas ! affirma-t-il, blessé dans son orgueil.
_ Je t'aime bien Paulin, mais non désolé. Tu n'es pas du tout mon style. En tout cas, merci pour tes conseils et merci de m'avoir remonté le moral, c'est gentil.

Revigorée, elle retourna travailler, laissant Paulin se morfondre dans sa honteuse déception. Bénédicte avait été si franche et si directe que cela ne laissait plus planer aucun doute. Il n'était pas son style et elle ne perdrait pas son temps à lui écrire des maudites lettres. Et jamais elle ne mettrait sa photo sur son bureau, bien en évidence, dans un cadre aux couleurs criardes et décoré de petits cœurs. Dommage.

Quand Paulin fit le bilan, une fois arrivé dans son appartement, il n'y vit qu'un résultat médiocre. Evidemment il avait avancé dans ses profondes investigations au cœur même d'une agence de voyage parisienne puisqu'il avait pu réduire le nombre de suspectes. Mais la façon dont il y était parvenu n'était pas très reluisante.

***

Bruno l'attendait à la terrasse du café où il lui avait donné rendez-vous, à trois rues de chez lui. Le lieu était un vulgaire troquet, avec des panneaux en ardoise en guise de menu, des serveurs plus agréables que la normale, un comptoir lustré impeccablement et quelques tables en extérieur. Rien d'exceptionnel mais Paulin appréciait sa simplicité et très certainement son côté pratique du fait de sa proximité évidente avec son appartement.

_ Tu as enfin daigné sortir de ton trou. Ça me fait plaisir de te voir dehors de chez toi, c'est tellement rare.

_ Salut Bruno. Merci d'être venu.

Bruno était assis à une table, le regard en direction de la rue, comme pour assister au défilé des piétons. Il avait relevé ses lunettes de soleil dès qu'il avait aperçu Paulin.

_ De rien mon pote. Si je peux aider. Alors, qu'est-ce qu'il se passe ? Toujours avec ton histoire de lettres ?

_ Oui, c'est un peu ça. En fait, j'ai reçu une deuxième lettre, encore une fois sous ma porte. Mais cette fois-ci, celle qui l'a écrite en disait un peu plus. J'ai l'impression qu'elle me connaît bien.

_ Tu dois bien avoir ta petite idée alors ?

_ Non pas vraiment.

_ Ça ne devrait pas être compliqué pourtant. Tu ne connais pas tant de filles que ça, que je sache. À moins que tu ne me caches des choses...

_ Qu'est-ce que tu veux que je te cache ? Non. Mais je suis pratiquement sûr que c'est une collègue. Soit Prisca, soit Amandine. Enfin, je ne vois pas qui ça pourrait être d'autre.

_ Tu n'es pas loin du tout apparemment. Y'a plus qu'à !

Une serveuse se pointa pour prendre la commande de Paulin qui n'était pas encore servi et celui-ci demanda la même chose que Bruno, une bière blanche en pression, avant de poursuivre :

_ Justement. Y'a plus qu'à, c'est facile à dire. Je ne sais pas comment les aborder. Aujourd'hui, y'en a une qui a cru que je la traitais de connasse, et l'autre qui s'est foutu de ma gueule.

_ Sans déconner ?! C'est un bon début. Tu ne m'as pas habitué à ça Paulin. Tu veux que je te file quelques conseils ?

_ Disons que j'aimerais arrêter les frais avant de me faire griller par toute l'agence et de passer pour un con aux yeux de tout le monde.

_ Ce que je peux te dire, c'est qu'il ne faut surtout pas y aller trop vite et ne pas s'attendre à un résultat immédiat. La nana a dû pas mal cogité avant d'écrire ces lettres, elle garde encore ses distances. Tu l'as reçu quand la deuxième ?

_ Hier.

_ Donc quatre jours après la première, en déduisit Bruno avec un temps d'hésitation.

Paulin acquiesça de la tête tandis que Bruno continuait son argumentaire.

_ Elle laisse du temps volontairement entre chaque lettre parce qu'elle cherche à te faire réfléchir, à te faire mariner et accessoirement à faire monter le désir.

Il s'arrêta un instant lorsque la serveuse apporta la pression à Paulin.

_ C'est pour ça que tu ne dois pas brusquer les choses. Sois patient. Laisse-la venir.

Paulin avait soif et but les paroles de Bruno avec quelques gorgées de mousse.

_ Mais elle n'osera pas. C'est ce qu'elle m'a dit dans sa lettre. C'est plutôt à moi d'y aller, non ?

_ Oui, mais ne te précipite pas. Tu dois attendre le bon moment. Celui où vous serez prêts.

_ C'est quoi le bon moment ?

_ Sois patient. Tu verras le moment venu. Tu sauras à ce moment-là que c'est le bon.

Bruno était souvent de bon conseil et généralement son analyse de la situation se révélait juste. Elle l'était probablement aussi cette fois-ci. Mais quel était le bon moment ? Celui où elle se présenterait à sa porte avec une bouteille de champagne, entièrement nue ? Celui où il gagnait au loto ? Celui où ils se retrouveraient coincés dans un ascenseur, entièrement nus ? Il ne savait pas pourquoi dans la plupart de ses visions les gens étaient nus. Cela devait l'aider à se projeter.

Pour se donner le courage d'affronter son impatience, il s'empara de la deuxième lettre qu'il avait laissée sur sa table basse.

Il la relut plusieurs fois.

Tout à coup, il remarqua quelque chose d'étrange qui ne lui avait pas sauté aux yeux les premières fois. Une sorte d'annotation au bas de la page, écrit plus petit.

Il approcha ses yeux.

Il distingua deux signes. L'un ressemblait à une lettre, l'autre à un chiffre.

Il déchiffra « A5 ». Bon Dieu.

Damien Khérès

"La patience moissonne la paix, et la hâte le regret."

Avicébron

Comme tous les soirs à 23h pétantes, Monsieur Fatouche rentrait à son domicile. Il n'avait pas composé le code sur le digicode pour accéder à son immeuble, il avait préféré utiliser sa clé. Il gravit les quatre étages jusqu'à son appartement en prenant soin de ne pas allumer les lumières dans la cage d'escalier. Puis, une fois devant sa porte, il déverrouilla les trois serrures, appuya sur la poignée de sa main gantée et s'engouffra dans son appartement.

Dans l'immeuble, tout le monde l'appelait Monsieur Pas-touche en raison de son trouble obsessionnel compulsif qui le poussait à ne pas pouvoir toucher quoi que ce soit. Madame Claverie du premier étage s'était même fait une frayeur le soir où sur son perron elle le vit malencontreusement alors qu'il montait les escaliers dans l'obscurité, vêtu de gants, et avait cru prendre l'individu en flagrant délit d'effraction. Personne ne le connaissait vraiment et rares étaient les personnes qui le croisaient. Tous ses voisins ignoraient la vraie nature de son travail qui l'amenait à vivre en décalé et il était aisément la proie de rumeurs farfelues qui nourrissaient d'autant plus l'étrangeté du personnage. Il avait toujours habité l'immeuble selon les dires et le secret qui l'entourait ne le rendait guère sympathique. On l'appelait Monsieur Pas-touche et on ne savait rien de plus à son sujet.

Pas même Paulin qui vivait dans l'appartement juste en face.

Paulin n'avait pas entendu rentrer Monsieur Pas-touche et cela n'avait aucune espèce d'importance. Il venait de faire une découverte capitale qui lui avait révélé l'identité de l'auteur mystérieuse.

« A5 ».

C'était un code de sa propre création qui représentait une position.

Pour repérer ses collègues, il avait imaginé un quadrillage de la disposition des différents bureaux dans l'espace. Les lettres de A à E pour les colonnes et les chiffres de

1 à 5 pour les lignes. Il avait inventé ce concept à ses débuts dans l'agence et l'avait partagé à quelques-uns de ses collaborateurs. Comme dans un restaurant où chacune des tables est numérotée, le serveur sait exactement où il doit apporter la commande en fonction du repérage qu'il a mémorisé. De la même façon, dans l'agence, certains étaient amenés à apporter des informations à d'autres et par conséquent la méthode de Paulin s'était avérée efficace pour indiquer le bureau du destinataire. Dans cette conception, Paulin se retrouvait en position D2, Laetitia : A1, Sandra : D3, Tristan : B2, Bénédicte : D5, Amandine : C4...

Et A5 correspondait donc au bureau de... Prisca.

Elle lui avait vraisemblablement laissé un indice dans sa dernière lettre, suffisamment subtil pour qu'il ne le remarque pas tout de suite mais néanmoins précis. Très habile.

Il repensait aux paroles de son ami Bruno.

Avait-il à patienter davantage, attendre une nouvelle lettre ou une quelconque indication ? Cet indice révélé n'était-il pas un signe du destin capricieux ? Ne traduisait-il pas l'avènement de ce moment particulier qu'avait évoqué Bruno ?

Il était censé le savoir instantanément et il eut brusquement envie d'y croire.

Dans cet élan de confiance aveugle, il s'était décidé à mettre fin à sa quête en achevant d'élucider le mystère qui l'avait tant perturbé ces derniers temps. Il allait faire preuve d'initiative et se lancer dans un heureux dénouement.

Et que penser de Prisca ? Il avait été surpris de savoir que c'était elle, inévitablement. En même temps, il s'y attendait un peu (ou peut-être l'avait-il trop espéré ?). Il l'appréciait, sans aucun doute, et il s'était souvent demandé si leur amitié ne pouvait pas être poussée un peu plus loin, là-bas, vers ce qu'on appelait l'amour, ou du moins vers un lien plus étroit et intime. Ce qui l'étonnait, c'était la façon inattendue avec laquelle elle avait agi. Cela ne lui ressemblait pas vraiment. Mais après tout, que connaissait-il des femmes ? Pouvait-il prévoir leurs réactions alors qu'il était parfaitement incapable de les comprendre ? À trente-deux ans passés, il n'avait pas été foutu de retenir une fille assez longtemps pour en garder des souvenirs. Autant dire que son expérience en matière de relation avec le sexe opposé était plutôt mince.

Le lendemain, Paulin pénétra majestueusement dans l'agence, un sourire accroché au visage, de bonne humeur visiblement. Son attitude ne reflétait pas celle qu'il adoptait à son habitude car il n'était pas d'une nature démonstrative. On aurait pu penser que ces derniers jours il avait changé. Lui, il était exalté à l'idée que l'on puisse l'aimer en secret, et même l'aimer tout court puisqu'il avait désormais dissipé le secret.

Pour interroger l'insoupçonnable Prisca, il lui proposa de déjeuner ensemble lors de leur pause-déjeuner, invitation qu'elle accepta volontiers. Pour justifier le tête-à-tête, puisque de manière générale ils mangeaient en groupe de plus de deux personnes, Paulin se contenta d'affirmer qu'il avait simplement besoin de lui parler, sans aller plus loin.

Ils se rendirent dans un restaurant japonais du quartier proche de l'agence, dans un décor kitsch mêlant tableaux bariolés d'un goût douteux et faux bambous plastifiés.

Paulin n'était pas très à l'aise et Prisca semblait l'avoir remarqué. Des instants de silence se succédaient à des vulgaires banalités rendant la discussion stérile. Le cœur de Paulin tapait fort dans sa poitrine, il avait une nouvelle Prisca devant lui, qu'il regardait d'un autre œil et il redoutait le moment où il engagerait la conversation sur le sujet qui les avait amenés ici.

À la fin du repas, il se lança :

_ Prisca...

Puis il hésita un instant avant de poursuivre :

_ ... Je voulais te parler d'un truc...

Sa voix tremblotait comme s'il était en train de passer un examen oral.

Prisca tendait l'oreille et plissa les yeux, attentive :

_ Oui ? Dis-moi. Je t'écoute.

Paulin cherchait ses mots dans le dictionnaire de son esprit qui n'était malheureusement pas classé dans l'ordre des idées.

_ ... Euh... Je me suis rendu compte de certaines choses ces derniers jours, j'en suis même venu à me remettre en question et à prendre un peu de recul... Il m'a fallu un petit moment avant de comprendre que je vivais un peu comme un con...

_ Tu ne vis pas comme un con Paulin. Tu es solitaire et peut-être un peu sauvage.

Prisca se voulait rassurante.

_ Solitaire ? Prisca, je peux passer deux

semaines de vacances enfermé chez moi sans mettre le nez dehors. C'est plus de la solitude ça, c'est de l'ermitage.

_ Cela ne tient qu'à toi de changer. Tu n'as pas toujours été comme ça.

_ Non c'est vrai, acquiesça Paulin.

_ Je pense que tu es devenu triste depuis l'accident que tu n'as jamais pu accepter. Et du coup, tu t'es replié sur toi-même.

_ Exactement.

Paulin appréciait que Prisca le comprenne. Il avait pris de l'assurance dans son élocution et savourait mentalement la définition du réconfort.

_ Je commence à penser que la vie peut être un peu plus agréable et que cela ne sert à rien de se morfondre.

_ Je suis ravie que tu en aies pris conscience.

_ Et tout ça, c'est grâce à toi.

_ À moi ?! s'étonna Prisca.

_ Oui, tu m'as beaucoup aidé à avoir cette prise de conscience.

_ Ah. J'en suis très touchée.

Prisca n'en revenait pas d'avoir eu un effet aussi radical sur son collègue et néanmoins ami.

Paulin, lui, imaginait Prisca grimper les quatre étages de son immeuble, déposer sa lettre et dévaler les escaliers avec une rapidité et une aisance remarquable. Il la toisa un instant pour tenter de percer au grand jour sa fine musculature capable de lui faire monter et descendre une centaine de marches en moins d'une minute.

_ Si tu as envie de rentrer chez moi la prochaine fois, n'hésite pas.

Il se représentait à présent la scène où elle frapperait à sa porte. Il lui ouvrirait en la découvrant sur son palier, entièrement nue (ça recommence...) et ils feraient l'amour sauvagement et tendrement comme dans ses fantasmes les plus fous.

_ Euh... Ok.

_ Et puis, plus la peine de m'écrire des lettres. Je suis prêt à t'écouter.

_ Attends, quelles lettres ? le coupa Prisca.

Paulin se surprit à survoler les pages de l'incompréhension.

_ ...?! Et bien...celles que tu as laissées sous ma porte.

_ Ah non désolé, ce n'est pas moi. Pourquoi j'aurais fait une chose pareille ?

Le scénario du film érotique qu'avait projeté son esprit s'évanouit aussitôt.

_ Comment ça ce n'est pas toi ?!

_ Les lettres, ce n'est pas moi qui les ai laissé sous ta porte.

Paulin explorait maintenant les

synonymes du désarroi.
_ Mais, c'est bien toi qui les as écrites ?
_ Non plus, désolée.
Toutes les pages des émotions se déchirèrent violemment et s'envolèrent dans un souffle désarmant.
_ Mais c'est qui alors ?
Dans cette ultime question, Paulin sembla s'adresser à une force suprême comme s'il s'en remettait à elle en lui demandant une explication. Dur.

Il avait essuyé un nouvel échec et tout était chamboulé. Comment avait-il pu se tromper ? Pourquoi ? Etait-il possible qu'elle n'ait pas voulu avouer parce que ce n'était pas le bon moment ? Car c'était forcément elle. Elle n'était pas prête à se dévoiler et avait préféré nier.
Paulin se noyait dans la confusion.
Il retourna la situation dans tous les sens une bonne partie de l'après-midi et une conclusion émergea. Il fallait qu'il sache. Et tout de suite.
Il se leva et se dirigea vers le bureau de Prisca en A5. Elle était plongée dans la saisie de réservations sur son écran d'ordinateur lorsqu'il arriva. Elle leva les yeux.
_ Je veux bien t'ouvrir ma porte !

La phrase était lancée, et Paulin n'eut pas à attendre longtemps la réaction de Prisca.

_ Tu ne vas pas remettre ça Paulin ?! Et qu'est-ce que ça veut dire ? C'est un message codé ? Tu veux m'inviter à sortir c'est ça ?

Des yeux se braquèrent sur eux mettant Paulin dans l'inconfort le plus total.

_ Non, non. Laisse tomber, conclut-il dans des mots presque chuchotés.

À présent, la honte pesait lourdement, d'autant plus qu'il y avait eu des témoins à sa déception.

Il n'en pouvait plus.

À la suite de cela, il prit quelques jours de congés. Il n'aurait pas été capable d'affronter ses échecs.

***

Les jours suivants, Paulin végéta dans son appartement. Il avait pris une grosse claque. Marre de toutes ces conneries, marre du boulot, marre de ces lettres, marre de cette fille inconnue qui se cache et qui ne veut pas se montrer, marre d'en avoir marre. Ses activités domestiques se résumaient à dormir et regarder la télévision grâce à laquelle il s'abreuvait d'une crétinerie reposante.

On était au mois de juillet, mais Paulin n'avait pas pris la peine d'ouvrir les volets de ses fenêtres. Il restait dans l'obscure clarté des rayons du soleil qui perçaient subtilement les ouvertures par endroits. C'était la période où la plupart des gens profitaient de vivre davantage en extérieur mais lui n'en éprouvait aucune envie. Il sortait juste en cas de besoin vital, pour acheter de quoi manger, avant de crever d'inanition. Même Monsieur Pas-touche avait dû partir en vacances. Il avait laissé un mot sur sa porte destiné aux envoyés venant établir le prochain relevé de consommation électrique.

Les journées passaient relativement vite et les brefs instants qu'il consacrait à la réflexion étaient rares. Il préférait ne pas trop penser à ce qu'il s'était passé. Il avait dû être ridicule et on avait dû le trouver vraiment étrange.

Après cinq jours de congés passés oisivement, il n'avait toujours pas reçu de nouvelle lettre. Cela faisait une semaine depuis la dernière. Tout commençait à se diffuser lentement dans les eaux de l'oubli lorsqu'une nouvelle lettre fut introduite sous la porte.

À ce moment-là, Paulin était affalé dans son canapé, absorbé par la bêtise hypnotique diffusée par les ondes cathodiques. Il ne se retourna pas tout de suite. Lorsqu'il s'en aperçut enfin, il resta dubitatif. Il réalisa qu'il n'y avait rien à cet endroit-là deux minutes plus tôt. Mince.

Il se précipita vers l'entrée, ouvrit sa porte, s'élança sur le palier pour se ruer dans les escaliers tachant d'y voir quelqu'un, ou quelque chose. Ou un mouvement, une ombre, un bruit.

Rien.

« Merde » pensa-t-il. Encore raté.

En rentrant chez lui, il remarqua qu'il n'y avait plus le mot sur la porte de Mr Pas-touche. Il était probablement rentré de congés, ou alors les hommes du relevé étaient passés.

Il n'avait maintenant qu'une seule et unique idée en tête. La lettre.

Cela lui rappela Noël, cette fête qui n'avait plus rien de religieux, pendant laquelle les mioches se jetaient sur leurs cadeaux comme des chiens enragés et déchiquetaient violemment le papier de leurs petites mains, aidés parfois de leurs ongles, pour mettre à jour leur trésor, trop impatients d'en découvrir le contenu.

Il s'empressa de la lire en évitant d'adopter la même attitude pour ne pas la déchirer.

Paulin,

La patience est l'art d'espérer et tu as besoin de retrouver de l'espoir. Voici la raison de ma démarche qui j'espère t'aura fait entrevoir un peu de douceur. Tu es toujours dans mes pensées et je ne te laisserai pas seul.

Tu me connais plus que tu ne le penses et nous sommes plus proches que tu ne le crois.

Si je t'écris toutes ces choses, c'est pour que tu comprennes qu'il arrive souvent qu'une personne veille dans l'ombre, sans que l'on s'en rende compte et je cherche à ce que tu te prépares à cette révélation.

Avant que je ne te dévoile mon identité, je souhaiterais que tu envisages ces lettres comme une introduction, un parcours initiatique te menant jusqu'à moi. Juste un point de départ. Et l'existence de ces lettres pourra désormais rester obsolète comme un souvenir oublié.

Il est temps que nous nous rencontrions avec un nouvel espoir. Je crois à présent en un nouveau départ.

J'ai hâte de te retrouver dimanche prochain.

Celle qui t'attend.

Dimanche prochain ? Oh mon dieu. Comment n'avait-il pas pensé à elle plus tôt ?

"Le soleil ne se lève que pour celui qui va à sa rencontre."

Henri Le Saux

Dimanche. Paulin avait trépigné d'impatience jusque-là. Il arriva chez son père en fin de matinée, pour la visite familiale hebdomadaire. La rencontre imminente avec celle qui l'attendait le rendait nerveux. La révélation de son identité lui avait paru, après coup, d'une évidence naturelle et il s'en était voulu de ne pas l'avoir pressenti.

Lucie.

Celle qui le désirait en secret. Celle qui ne lui voulait que du bien. Celle qui l'attendait.

C'était bien elle. Lucie.

Lucie prenait soin de son père depuis que celui-ci était sorti de l'hôpital, après l'accident. Sa présence, toujours associée à celle de son père et par voie de conséquence au souvenir du drame, avait été exclusivement considérée comme un élément lui remémorant inévitablement un évènement qu'il cherchait à oublier. Comme si son esprit le protégeait drastiquement des pensées négatives. La simple évocation de Lucie lui rappelait l'accident, l'infirmité de son père et lui renvoyait le goût amer de la culpabilité. Son inconscient inhibait toutes pensées positives la concernant et l'empêchait d'envisager la moindre relation intime avec elle.

Jusqu'à ce que les lettres lui ouvrent les yeux.

Cela avait pris du temps, certes, le temps que l'idée fasse son chemin. Les hontes, les déceptions qu'il avait pu essuyer faisaient partie de ce cheminement et il n'éprouvait plus aucune amertume. Il avait à présent tout compris. Le symbole dans la deuxième lettre qu'il avait pu lire comme étant « A5 » n'était autre que « AS » pour « Aide-Soignante ». L'écriture de Lucie aux formes arrondies l'avait induit en erreur. Il s'était alors rappelé qu'elle portait systématiquement un badge accroché à sa blouse où était inscrit :

Lucie
A.S.

Il en avait déduit également la raison de

l'absence de Lucie la semaine dernière : elle avait volontairement évité de le voir pour ne pas éveiller les soupçons et en avait profité pour lui glisser la deuxième lettre qu'il avait découvert à son retour.

À chaque fois qu'ils se voyaient, Lucie et Paulin échangeaient toujours quelques mots, discutaient parfois quelques minutes de son père évidemment, sur ses soins, son état, sa santé mais aussi de banalités et d'actualités. Lucie était une fille réservée, attentionnée et terriblement touchante. Avec une blouse blanche et un petit badge, symboles de l'univers médical qui créaient néanmoins de la distance entre eux deux. Elle était ici dans un contexte professionnel, pour s'occuper de son père qu'il venait visiter. Il n'allait pas flirter avec l'aide-soignante de son père dès que celui-ci aurait le dos tourné, ce serait déplacé et jamais il n'y avait songé. Paradoxalement, Paulin rangeait Lucie dans la case « accident » avec d'autres souvenirs et émotions déconcertantes, et en même temps, il se sentait bien en sa compagnie. Il ne savait pas l'expliquer, il se contentait juste d'attribuer ce bien-être passager avec le fait qu'elle soigne son père et qu'elle tende à diminuer l'impact des tristes conséquences du drame. Ils s'appréciaient mais Paulin avait du mal à franchir le cap de la relation entre le médecin et le fils du patient qu'il était. Aujourd'hui, il envisageait une nouvelle situation où feraient irruption la tendresse, l'affection, le lâcher-prise et dans laquelle il pourrait s'abandonner. Et revivre.

Lucie était là à son arrivée. Près de son père, alors qu'elle rangeait son matériel médical. Il se rendit compte qu'elle était belle dans son uniforme d'ange gardien. À cet instant, Paulin s'amusa de penser que tout n'était qu'une histoire de perception. Lucie était restée la même mais l'angle de vue avec lequel il la regardait était différent, ce qui ne donnait plus du tout le même résultat. Comme en photo, on pouvait photographier un modèle sans pouvoir réellement le mettre en valeur, tout dépendait de la prise de vue, de la lumière, de l'appareil, de l'objectif et de tout un tas de paramètres. Cette fois-ci l'image était plus nette, plus éclatante.

Lucie leva les yeux vers Paulin quand celui-ci entra dans la chambre. Il trouva son portrait magnifique : un sourire de magazine, un visage doux aux traits fins et une pétillance à faire rougir un dessinateur.

Après s'être salués timidement, ils s'écartèrent du père handicapé, le laissant sur son lit. Paulin avait juste lancé un regard en direction du salon invitant Lucie à le rejoindre discrètement. Ils s'assirent l'un en face de l'autre, dans des fauteuils grossièrement imités Louis XV aux pieds galbés et recouverts de tissu usé par les fesses. Paulin se jeta courageusement à l'eau :

_ Lucie… Je voulais te remercier pour tout ce que tu fais et tout ce que tu as fait depuis l'accident pour nous.

Lucie prit un air obligé et pencha légèrement la tête en signe d'émoi.

_ Merci de t'occuper si bien de mon père, continua Paulin. J'ai pris conscience que tu avais joué et que tu jouais encore un rôle important dans mes relations avec mon père et surtout dans la gestion du drame. Merci d'être là. Merci mille fois. Tu nous fais beaucoup de bien Lucie.

Lucie fut touchée par le discours de Paulin et lui prit la main en témoignage de sa sincère affection. Et tout se passa très vite.

Paulin sourit, son cœur implosa sous l'effet du contact épidermique avec Lucie. Ils se regardèrent, continuèrent leur discussion, se regardèrent encore, se nourrissaient tantôt de silences, tantôt de regards. Lucie resta pour déjeuner. Paulin prépara le repas. Lucie l'assista. Ils mangèrent, Lucie, Paulin, et son père. Elle resta encore un peu l'après-midi. Le père de Paulin en fut ravi, et Paulin fut aux anges. Elle dut partir. Il s'étonna. Elle s'excusa, elle avait encore du travail. Il la salua. Elle s'effaça. Il dut se languir et se souvenir de ces instants. Ça l'attrista. Mais ils s'étaient promis de se revoir rien que tous les deux, sans blouse et sans seringue, hors de cette maison et hors du temps. Ce temps-là s'était écoulé bien trop rapidement.

Le temps filait lorsqu'il était ensemble, il n'avait plus la même incidence sur eux. Quelques semaines passèrent, sans qu'ils ne s'en aperçoivent, pendant lesquelles ils se retrouvaient régulièrement, à vivre la vie parisienne et ses sorties culturelles, à arpenter les rues quand la météorologie l'autorisait, à partager des instants tout simplement. Paulin, sorti de sa caverne, à la plus grande satisfaction de son ami Bruno, profitait enfin du monde extérieur et s'ouvrait à ce que celui-ci lui offrait. « Un changement radical » selon Bruno qui se fourvoyait encore dans des liaisons successives sans lendemain.

Paulin et Lucie étaient devenus un de ces couples qu'il est bon de montrer en exemple, où l'amour trouve sa place malgré tout et cause des bouleversements imprévisibles. Son appartement avait perdu de son style « taudis à l'abandon » et avait retrouvé l'aspect d'un appartement vivable où de subtiles touches féminines redonnaient à l'ensemble un peu d'humanité. Quelques décorations sur les murs, la vaisselle rangée ailleurs que dans l'évier, des produits de beauté étalés habilement sur le rebord du lavabo, un frigo rempli avec autre chose qu'un pot de sauce tomate moisi et un yaourt périmé se battant en duel. L'influence de Lucie avait opéré doucement, progressivement et prodigieusement.

Le père de Paulin appréciait de retrouver son fils radieux et le voyait s'épanouir de jour en jour, ce qui le rendait indubitablement heureux. Il avait assisté à la dégradation morale de Paulin, qui avait fini par se refermer et se cloîtrer dans un sinistre isolement, dont il pensait qu'il n'en ressortirait pas indemne, et dieu sait qu'il espérait vivement qu'il en sorte. Le soulagement de constater que tout allait bien maintenant pour Paulin apaisait son malheur et ses souffrances liées à son handicap.

Tout allait pour le mieux. Même à l'agence, tout était rentré dans l'ordre, Paulin n'était plus considéré comme une potentielle menace de harcèlement sexuel par ses collègues féminines de bureau, il s'en était excusé et avait expliqué les raisons de son comportement douteux.

Ce fut un vendredi, alors que Paulin venait de rentrer du travail, quelqu'un frappa à sa porte. Il n'attendait personne, pas même Lucie puisqu'il ne devait la rejoindre que plus tard dans la soirée, ni même Bruno parti en vacances pour se vautrer langoureusement sur les plages de la côte d'azur. À sa grande surprise lorsqu'il ouvrit, Monsieur Pas-touche était sur le pas de la porte.

_ Bonjour Paulin. Je suis ton voisin d'en face, Monsieur Fatouche.

Bien sûr que Paulin savait que c'était son voisin d'en face. Le curieux Monsieur Fatouche aux T.O.C. immaculés n'avait pas sonné sous peine de s'électrocuter ou de se salir le doigt, il avait frappé de sa main gantée.

_ Oui je vous connais. Qu'est-ce que je

peux faire pour vous monsieur ?

Monsieur Fatouche lui tendit une lettre.

_ J'ai une dernière lettre à vous remettre.

Paulin s'attendait à ce qu'il lui demande de lui emprunter du beurre, ou du sucre, ou peut-être une paire de gants mais pas à ce qu'il lui donne une lettre.

_ Oui, qu'est-ce que c'est ?

_ Ce sera la quatrième et dernière lettre alors il faut que je vous explique certaines choses avant que vous ne la lisiez.

Paulin fut pris de panique, sa gorge se serra.

_ Comment ça la quatrième ?

Il vit brusquement les lettres de papier défiler dans son esprit et se souvint lorsqu'il les avait découvertes.

_ Vous voulez dire que c'est vous les trois autres ? Vous les avez glissées sous ma porte ?

Paulin ressentit à ce moment précis à la fois de la colère et de l'incompréhension. Il se demanda ce que son voisin venait faire dans cette histoire de lettres. Il eut la subite impression que Monsieur Pas-touche avait pénétré son intimité.

_ Oui, c'est moi qui ai glissé les trois précédentes lettres sous votre porte. Je vais vous expliquer.

_ C'est impossible. C'est Lucie qui vous

envoie ? Je ne comprends pas. Qu'est-ce que vous voulez ?

L'énervement s'emparait de Paulin, victime d'une confusion soudaine.

_ Non ce n'est pas Lucie. C'est moi qui ai écrit ces lettres.

Paulin chancela. Tout ce qu'il vivait depuis ces quelques semaines n'était basé que sur des lettres écrites par un dingue obsédé de propreté. Rien n'avait plus aucun sens. Il vivait une trahison semée par un taré de voisin. Il voulut fermer la porte au nez de Monsieur Fatouche mais celui-ci l'en empêcha repoussant la porte d'une force équivalente :

_ Laissez-moi vous expliquer. Cela ne prendra quelques minutes, je vous assure.

Paulin observa Monsieur Fatouche dans l'entrebâillement de la porte.

_ S'il vous plait, insista-t-il.

Paulin força de plus belle, il voulut voir disparaître ce parasite de sa porte et de sa vie.

_ Je vous en supplie, continua le voisin. Je sais tout pour l'accident, et je sais aussi que vous n'êtes pas responsable malgré ce que vous pensez.

Paulin le fixa dans les yeux, plongea son regard dans le sien comme pour traverser son âme à la recherche de la vérité, à la recherche d'un sentiment d'honnêteté. Il relâcha sa pression sur la porte, hésita un instant et fit signe à son visiteur de rentrer.

Il s'installa sur le canapé et invita Monsieur Fatouche à en faire de même.

_ Allez-y. Je vous écoute.

Monsieur Fatouche s'éclaircit la voix comme s'il allait se lancer dans un long discours.

_ Avant tout, je dois vous expliquer une chose. Connaissez-vous la psychographie ?

Paulin fit non de la tête.

_ Un jour, il m'est arrivé une histoire étrange, et je vous demande de bien écouter. Vous allez comprendre. Cela s'est passé il y a quelques années maintenant. Alors que j'écrivais une lettre à ma sœur, mon bras s'est tout à coup engourdi. Il est alors devenu glacial et des picotements sont apparus tout le long. Ensuite, mon avant-bras s'est soulevé sans que je ne le contrôle, tout seul, puis ma main s'est mise à faire des circonvolutions sur la feuille, finissant par écrire un prénom : celui de mon frère décédé. J'étais terrorisé. Je ne savais pas ce qu'il m'arrivait. J'ai hurlé, lâché ma feuille et jeté mon crayon. Je pensais que c'était les premiers symptômes de la maladie de mon frère où de violentes hallucinations lui faisaient percevoir une autre réalité effrayante. Le crayon s'est mis à écrire des mots, puis des phrases entières qui avaient un sens : c'était un message de mon frère. L'écriture hésitante était devenue plus claire, plus précise et ses caractères arrondis ressemblaient à ceux d'une écriture enfantine. J'ai cru devenir fou. Depuis cette histoire que je n'ai tout d'abord pas prise au sérieux, il arrive régulièrement que j'écrive des lettres automatiquement.

Monsieur Fatouche mima de ses mains les guillemets autour du mot « automatiquement » pour mettre en valeur son utilisation particulière.

_ Plusieurs personnes m'ont alors rassuré, reprit-il, y compris mon psy qui m'affirma que je ne relevais pas de la psychiatrie. Par la suite, je me suis renseigné sur ce phénomène, c'est ce qu'on appelle la psychographie, ou l'écriture automatique dans certains cas, et je me suis aperçu que je n'étais pas le seul à détenir cette capacité. À la manière d'un médium, l'écriture me permet de canaliser et de recevoir des messages.

Paulin n'était pas convaincu de ce que lui racontait son voisin et celui-ci sembla s'en rendre compte.

_ Cela peut paraître incroyable, je le conçois. Mais sachez que cela existe et que c'est bel et bien réel.

_ Et alors ? Qu'est-ce que vous cherchez à me dire ?

_ Les lettres que j'ai écrites pour toi, elles ont été écrites de la même façon.

_ Par votre frère décédé ? lâcha Paulin, incrédule.

_ Non, bien sûr. Mais je n'ai pas à me justifier après tout.

Monsieur Fatouche se leva.

_ Que vous ne me croyez pas m'importe peu. Je tenais seulement à vous remettre cette lettre. Vous en ferez ce que vous voudrez.

Et tandis que Paulin saisit la lettre que lui tendait Monsieur Fatouche, il lui demanda :

_ Ce sont des messages qui vous ont été dictés, j'ai bien compris. Mais qui vous les a dictés ?

_ Votre mère.

Damien Khérès

"On ne peut pas peindre du blanc sur du blanc, du noir sur du noir. Chacun a besoin de l'autre pour se révéler."

Manu Dibango

Monsieur Fatouche rentra à son domicile en ayant l'impression d'avoir accompli une mission divine. Il avait laissé son voisin de palier complètement chamboulé, une larme courant le long de son visage et les yeux rivés sur la lettre se demandant s'il devait la lire ou la jeter. Il s'était éclipsé car il savait que c'était un moment délicat que Paulin devait passer seul, face à ses démons.

Paulin tenait l'ultime lettre de sa mère entre les mains. Ses mains tremblantes et moites. Il ne connaissait pas la psychographie et ignorait complètement ces phénomènes d'écriture automatique. Mais il savait aussi que Monsieur Fatouche n'avait eu aucun intérêt à faire tout cela et qu'il ne pouvait en tirer quoi que ce soit. La lettre lui en dirait bien davantage.

Mon Paulin,

Alors que tu lis cette lettre, tu dois probablement te demander si tout cela est réel. La réalité réside dans les pensées qui la produisent et il suffit parfois de croire pour que tout devienne réel.

Tu es mon fils et je suis ta mère. L'amour qui nous unit existera à jamais et restera notre réalité quoiqu'il arrive.

Je suis parti un peu trop vite et brutalement. La vie ne fait pas toujours de cadeaux, elle a son lot de drames et de tragédies, mais la mort fait aussi partie de la vie. Sache que je ne t'en veux pas et que tu n'es en aucun cas responsable de notre accident. Tu as fait du mieux que tu pouvais pour nous sauver. Ne sois pas si dur avec toi-même.

...

Paulin arrêta sa lecture un instant pour essuyer ses yeux gonflés de larmes. Il avait la gorge nouée.

...

Tu as traversé une période difficile avec ton père. Tu étais devenu si triste. Sache que je suis là

Paulin, dans ton cœur et que je veille sur toi. Je ne pouvais plus supporter de te voir dans un tel état. Tu es encore si jeune et tu as toute la vie devant toi. Je t'ai écrit ces lettres pour te redonner de l'espoir, pour te prouver que tu méritais mieux que ça. Ton chagrin t'empêchait de voir Lucie, de t'intéresser davantage à elle alors qu'elle tentait de se manifester auprès de toi. Mes lettres n'ont fait que provoquer les choses, elles n'ont fait que t'ouvrir les yeux pour que tu voies que la vie peut être douce. C'est ce que nous accomplissons à l'intérieur qui modifie la réalité extérieure. Tu as fait beaucoup d'effort Paulin et je suis heureuse de ce que tu as accompli. Tu es si beau. À présent, je suis sereine pour ton avenir. Je continuerai éternellement de veiller sur toi mon chéri, je serai toujours avec toi. Je t'aime tellement. Il est temps pour moi de te laisser vivre ta vie. Vis ta vie, aime la, envole-toi mon amour. Et laisse-moi partir. Ne te rends pas responsable de ce qu'il m'est arrivé ni de ce qu'il est arrivé à ton père, ce n'est pas ta faute. Je suis heureuse maintenant mon fils. Prends bien soin de toi et de ton père. Je t'aime plus que tout Paulin. Adieu mon amour.

Ta mère qui veille sur toi.

Paulin était en pleurs. Bouleversé. Le souvenir de sa mère refit surface et il pleura à nouveau à chaudes larmes. Tous les moments agréables passés à ses côtés lui revinrent subitement en mémoire l'inondant d'une profonde nostalgie qui peu à peu laissait place à une douce quiétude. Le message de sa mère était poignant et apaisant à la fois. Il la savait maintenant heureuse.

Depuis le début, c'était elle qui avait tout mis en scène. Monsieur Fatouche n'était que le médium par lequel son message transitait. Elle l'avait rapproché volontairement de Lucie, progressivement, en l'extirpant doucement de cette condition misérable qu'il s'était construit en réponse à son deuil omniprésent. Elle l'avait sauvé. Il se souvint de ce que disait chacune des lettres qu'il avait précieusement conservées et il comprenait à présent bien des choses. Il comprit également pourquoi il n'avait jamais réussi à surprendre Lucie dans les escaliers, pourquoi il n'avait reçu aucune nouvelle lettre pendant les congés de Monsieur Fatouche et surtout pourquoi la troisième lettre conseillait de ne pas évoquer l'existence même de ces lettres à l'auteur supposée de l'époque, Lucie. Règle qu'il avait respectée à la lettre puisqu'il n'en n'avait jamais parlé avec Lucie et d'ailleurs il n'aborderait peut-être jamais le sujet.

***

La chaleur estivale s'était faite plus discrète en cette fin de journée. Le ciel prenait des teintes rosées constituant un décor surnaturel d'une beauté incroyable.

Paulin et Lucie marchaient bras dessus bras dessous, empruntant un pas aérien dans les allées du cimetière. Les graviers craquaient sous leurs pieds et rompaient le silence funèbre des lieux. Ils s'arrêtèrent au pied d'une tombe et Paulin y déposa une gerbe de fleurs ainsi qu'une lettre.

« Merci maman. Je t'aime aussi » murmura-t-il sans que Lucie ne parvienne à l'entendre.

_ Ça va Paulin ? demanda Lucie, terriblement attentionnée.

_ Oui. Tout ira bien maintenant.

Maman,

Tu ne pourrais imaginer la douleur
De t'avoir perdue à jamais,
Et les tristes jours en pleurs
Qui m'ont longtemps éprouvé.

De cette perte brutale
Je ne m'en étais jamais remis.
Du fond de mon drame abyssal
Je n'étais plus que mélancolie.

L'injustice sévit atrocement
À chaque coin de rue,
Tu en fus la victime maman
Lorsque ton cœur s'est tu.

Tu as toujours été là pour moi,
Dans mes joies et dans mes peines,
Et même depuis l'au-delà
Tu prouves encore que tu m'aimes.

J'étais voué à ne plus jamais connaître la paix,
Aveuglé par une sombre solitude.
Mais tu m'as redonné le goût de la gaieté,
Celui de l'espoir et de la plénitude.

Merci maman au-delà des mots,
Je t'aime si fort de tout mon être.
Merci maman sans demi-mot
D'avoir guéri mes maux au-delà des lettres.

                    Paulin